金子美鈴
詩選

田原——譯

目錄

雲朵上的女神　田原　011

小動物們

黑螞蟻獨自去探險

魚　028
麻雀媽媽　030
蟋蟀　032
海鳥　034
小鎮的馬　036
樹葉小艇　038
沒媽媽的小鴨子　040
老鷹　042

沒有家的魚 044
我的蠶 046
蟬的衣裳 048
魚的春天 050
燕子媽媽 052
鳥巢 054
金魚之墓 056
麻雀之墓 058
啞蟬 060
青蛙 062

自然景色
天空為什麼是藍的？

雲 066
草原 068
茅草花 070
午夜的風 072
天空的顏色 074
樹 076
白天的月亮 078
彈玻璃球 080

月出 082
桑葚 084
燒荒和蕨菜 086
細雪 088
海邊的石塊 090
陽光 092
藍天 094
天空的大河 096
夜空 098
牽牛花的蔓 100
薔薇的根 102

土 104
地裡的雨 106
土與草 108
太陽・雨 110
雲 112
花的靈魂 114
早晨和夜晚 116
兩棵草 118
積雪 120
天空與大海 122
貝殼和月亮 124

致雪 126
牽牛花 127

那些日常
黑瞳孔是魔法甕呀

放河燈 130
白天的燈泡 132
祭日 134
漁業豐收 136
捉迷藏 138
紙牌 140
吵架之後 142
瞳孔 144
黃昏 146
大人的玩具 148
鄰居家的孩子 150
馬戲團的小屋 152
蚊帳 154
點心 156
秋天 158
鐘錶的臉 160
茶櫃 162

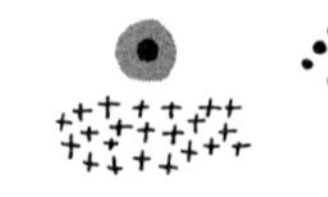

椅子上 164
再見 166
魚市場 168
月亮和姐姐 170
指甲 172
哥哥挨罵 175
我的頭髮 176
梨核兒 178
受傷的手指 180
暗夜 182

內心世界呀
小石子在身後連成一條線

賣夢人 186
浮島 188
孩子的鐘錶 190
護城河畔 192
小紅船 194
花瓣的海洋 196
女孩子 198
數星星 200

寂寞的時候 202
如果我是花朵 204
笑 206
蓮花與母雞 208
光的籠子 210
櫻花樹 212
藏好了嗎？ 214
心願 216
全都想喜歡 218
睡眠火車 220
我與小鳥與鈴鐺 222
是回音嗎 224
沒玩具的孩子 226

不同碰撞

月亮奶奶，您也要去嗎？

柳樹與燕子 230
蠶繭與墳墓 232
向著光明 234
蜜蜂與神 236
使者 238
海的盡頭 240

玫瑰城 242
麻雀和罌粟 244
金魚 246
星星和蒲公英 248
樹 250
露珠 252
水與風與孩子 254
山茶花 256
紫雲英葉子之歌 258
石榴 260
草原之夜 262

小石塊與種子 264
花與鳥 266
麻雀 268
創造 270
鐵道口 272
玻璃與文字 274
石榴葉和螞蟻 276
狗與繡眼鳥 278
運貨馬車 280
向日葵 282

雲朵上的女神

——金子美鈴其人其詩

田原

一

翻譯完六卷本的《金子美鈴全集》，不禁再次感慨：天才為什麼都如此悲劇！多年前，早在仙台的東北大學任教時，記不清是出於一時的心血來潮，還是應諾了哪家報刊的約稿，翻譯過金子美鈴的五首小詩。當時心怦然一動，詩句的光芒一瞬在眼前閃爍。

對於詩人，不，應該說是詩人中的詩人，正值青春年華的二十五、六歲似乎是一道命運中難以逾越的門檻，很多詩人栽倒在這個年齡段，隨手就能列出一串名字。

李賀（791-817）二十六歲病故。

濟慈（1795-1821）二十六歲病故。
裴多菲（1823-1849）二十六歲戰死。
北村透谷（1868-1894）二十六歲自殺。
石川啄木（1886-1912）二十六歲病故。
金子美鈴（1903-1930）二十六歲自殺。
左川愛（1911-1936）二十五歲病故。
立原道造（1914-1939）二十五歲病故。
海子（1964-1989）二十五歲自殺。

但這個年齡段似乎又是詩人最能釋放自我、燃燒激情、思維最為活躍、讓想像飛翔的時期。撇開死亡的原因，如果把他們的英年早逝說成是響應了詩神繆斯的召喚，或許能緩和活著的我們的惋惜和悲傷吧。

金子美鈴就是這麼一位典型的悲劇人物。

二

一九〇三年四月十一日，美鈴出生在山口縣長門市仙崎村七九〇番地的一個普通日本家庭，原名金子照子（婚後為宮本照子），上有大她兩歲的哥哥金子堅助，下有小她兩歲的弟弟金子正祐，家族成員中還有奶奶金子梅，父親金子莊之助，母親金子道。比起父親，母親和奶奶是時常在美鈴的詩歌中登場的人物。父親在美鈴詩歌中的「缺席」，大概源於她對父親淡薄的記憶吧。美鈴兩歲時，生活在下關市內的姨父（母親的妹夫）上山松藏經營的「上山文英堂書店」已頗具規模，單是中國就先後在旅順、大連、青島和營口開了四家分店，父親為負責經營剛剛在中國營口市永世街開業的書店，遠赴中國。遺憾的是在翌年的一九〇六年，也就是在美鈴三歲時，年僅三十一歲的父親突然客死他鄉，很長時間誤傳為被中國人殺害，其實後經考證核實是患急性腦溢血死亡。作為一家的頂樑柱，父親的死使美鈴的家庭結構隨之發生變化。美鈴四歲時，由於姨和姨父膝下無子，當然也存在姨父家有意為減輕美鈴母親家庭負擔的因素，把美鈴兩歲的弟弟收為養子，名字改為上山雅輔。

從美鈴的年譜和評傳來看，除了十八歲那年在九州大學附屬醫院照料住院的姨父一個半月，以及二十三歲結婚後的第二年去了一趟婆家——丈夫宮本啟喜的故鄉九州地區的熊本市之外，美鈴在自殺之前幾乎沒有遠離過自己的故鄉。十一歲時，還是小學生的美鈴就開始在書店幫忙整理圖書，估計她大量的閱讀經驗始於這一時期。十三歲小學畢業考入郡立大津女子學校，這一年五月，在每年只在這個時期出版一期的（筆者推測是跟哥哥和弟弟三人手工製作的極其簡易的文藝沙龍期刊）雜誌《棹》第三期發表處女作《雪》之後，直到十七歲從女子學校畢業，金子美鈴在這家雜誌上發表數次詩歌和短文作品。美鈴在考入郡立大津高等女子學校第二年的一九一八年，她的姨母上山藤死去。翌年即一九一九年，也就是在美鈴十六歲時，她的母親與姨父再婚。這時的金子家只剩下奶奶、哥哥和美鈴。

一九二三年，二十歲的美鈴在下關市內的上山文英堂書店的分店（據說當時下關市內就有四家分店）正式上班，閑暇之餘在「精神的王國（書店）」閱讀了大量的文學和藝術作品。從二十世紀二〇年代前後日本對外來文學的接納（翻譯）狀況來看，美鈴毫無疑問受到了同時代的盧谷盧村、北原白秋、三木露風和被視為美鈴伯樂的西條八十等人創作的童話和童詩的影響。一九二二年創立「日本童話協會」和創刊《童話研究》的盧谷盧村一九二五年出版的《永遠的孩子安徒生》並翻譯了一系列安徒生的童話作品，西條八十翻譯了《世界童謠集》和英國詩人克裡斯蒂娜・羅塞蒂的詩作，兩人上述的譯作對美鈴影響最大，同時也很有可能是她汲取外來文學的主要資源。

美鈴雖然年少有為，但真正的詩歌創作卻開始於二十歲在書店上班以後，一九二三年六月，她初次使用金子美鈴這一筆名，向當時在日本頗具影響力的《童話》、《婦人俱樂部》、《婦人畫報》、《金星》商業雜誌投稿，這幾家雜誌均在當年的九月號發表了她的作品。作品發表後，美鈴被當時主持《童話》雜誌編輯工作的詩人西條八十盛讚為「年輕童謠詩人中的巨星」，該雜誌的讀者反饋欄裡美鈴也被讀者稱為「雲朵上的女神」，實際上美鈴也是西條發現的人才。之後直到美鈴自殺前一年的一九二九年，美鈴在雜誌上總共發表了九十首詩作。

一九二六年二月在姨父的撮合下，美鈴與書店店員宮本啟喜結婚，據說這一樁婚姻也有姨父將來讓美鈴夫婦繼承書店產業的個人打算。十一月十四日女兒房江出生。一九二七年夏天，美鈴曾背著襁褓中的女兒翻山越嶺來到下關車站，與前去九州演講在此轉車的詩人西條八十在站台上有過五分鐘的會面，西條八十曾在美鈴自殺後的紀念文章裡稱，見面五分鐘，跟美鈴的交談，遠遠沒有西條撫摸孩子頭的時間多。也就是在這一年，美鈴被到處尋花問柳的丈夫傳染上性病——梅毒，在與活躍於同時期的童謠詩人島田忠夫的通信中，美鈴曾流露出對丈夫的不滿，說他是「放蕩無頓（放蕩不羈）之人」。一九二八年底，美鈴被丈夫嚴格禁止創作和在紙上寫任何文字，再加上纏身的性病在當時沒有治療方法，美鈴在痛苦中陷入絕望。從一九二九年夏天到秋天，美鈴在病榻上把其創作的五百一十二首詩謄寫成三大本《美麗的小鎮》、《天空中的母親》、《寂寞的公主》，分成一式兩份，一份寄給了詩人西條八十，一份委托弟弟正祐保管，然後中止了寫作。一九三〇年二月，美鈴與丈夫終於正式離婚，但在得知女兒的撫養權被丈夫強奪，美鈴內心極度絕望。三月九日，美鈴在附近的照相館為三歲的女兒留下一張照片，歸途還為母親和女兒買了她們愛吃的櫻葉餅，晚上照常不誤一邊為女兒洗澡，一邊為她唱童謠，在孩子睡下後，分別給姨父和母親、丈夫和弟弟正祐寫下三份遺書，然後把遺書和領取照片的收據置於枕邊，服用大量的安定劑（類似於現在的安眠藥），在她剛搬回不久的上山文英堂書店的二樓自殺，用死亡的形式抵抗強行奪走撫養權的丈夫。她在留給丈夫的遺書裡寫道：「如果你真的要把房江帶走的話，那就帶走吧。我想把房江養育成心靈豐富的孩子，就像母親養育我一樣，所以我想讓房江跟著母親長大，如果你仍不同意，那我也毫無辦法。你能給予房江的只是錢，而不是精神食糧。」而在寫給母親的遺書裡，在托付母親以後養育女兒和原諒自己先走一步的不幸時，寫道：「我的心也像今晚的月亮一樣平靜。」

三

美鈴自殺後，除了西條八十和島田忠夫等極少數熟悉她的童謠詩人寫過短文懷念她之外，去了另一個世界的美鈴幾乎被世人遺忘。她死後的若干年內，雖然有幾家出版社編選的童謠詩選裡選過她生前發表的幾首詩作，但幾乎沒有再引起人們的關注。時隔半個多世紀的一九八二年六月，對美鈴作品感懷至深和共鳴已久的童謠詩人矢崎節夫通過不懈的努力，終於輾轉十多年打聽到美鈴的胞弟上山雅輔（金子正祐）的存在，在取得聯繫後，矢崎借來了美鈴弟弟保存的三冊遺稿（美鈴的三冊手抄詩集），如獲至寶，拍案叫絕後，為詩集的出版四處奔走。矢崎相繼諮詢了多家出版社，都因沒有太大的市場效益而被否決，那時的矢崎曾打算自費出版，後來跟JULA出版社協商，在面向讀者預約徵訂達到三百冊時，出版社決定限數出版一千冊。一九八四年初，美鈴的三冊詩集共五百一十二首兒童詩終於以《金子美鈴全集》三卷本的形式出版。同年，她的兩首詩〈漁業豐收〉和〈積雪〉就被東京大學的高考試題採用。雖然離美鈴去世相隔了五十四年，但美鈴詩性的光芒並沒有因歲月的久遠而暗淡，也沒有因時代的不同而過時，反而穿透時間和時代的阻隔，閃亮在讀者眼前。美鈴全集出版後，很快在日本社會和讀者中引起了強烈反響，很多出版社紛紛要求出版她的選集。包括一版再版的全集，多種版本的選集，都成為那些年銷路最好的圖書，單是角川書店的文庫版《金子美鈴童謠集》，從一九九八年初版截止到二〇一二年就已經重印了七十二次，我手頭上的這套定本精裝六卷文庫版《金子美鈴童謠全集》出版不到十年就已重印了五次。美鈴全集出版之後，在美鈴的故鄉山口縣長門市的鼎力支持和宣傳下，歷經十餘年，終於漸漸被更多的一般讀者所認知和接受，尤其是一九九六年〈我與小鳥與鈴鐺〉入選日本的小學課本之後，更是引起普遍關注，全國各地相繼成立美鈴粉絲會，報紙、雜誌、電視和廣播經常介紹和引用她的詩句，同時還拍成電影，改編成歌舞劇搬上舞台，寫入繪本和畫入漫畫，有幾十首詩先後被不同的作曲家譜成曲在孩子們之間傳唱。二〇〇三年四月十一日，在美鈴誕辰一百周年的這一天，長門市政府把美鈴出生在仙崎的故居改建成「金子美鈴紀念館」，至今參觀者已經突破百餘萬。

四

曾跟我同在大阪一所藝術大學教過書的漫畫家裡中滿智子在一篇紀念金子美鈴的文章裡稱：「有自己語言的人是幸福的，有自己視線的人生是充實的。」筆者對此深有同感。語言決定詩人的成敗，但語言又不僅僅是形而上和觀念上詞語枯燥無味的組合，它必須帶有詩人的體溫，體現出詩人的性情、思想和訴求，言為心聲，聲，某種意義上也是詩人的顏色，無論赤橙黃綠還是青藍紫白，無論色感深也好淺也罷，空靈而不空洞，流暢且又耐讀，有血有肉又意蘊深遠回味無窮。都必須讓讀者感悟出詩人的表現意圖，並讓讀者為之共鳴。有的詩人寫作很長時間甚至一生都不會形成自己的語感，而有的詩人一出手就很快找到和形成自己與眾不同的語言感覺，美鈴就是很快形成自己獨特語感的詩人。視線既是詩人看待事物的方式，也是詩人凝視世界的姿態，美鈴的絕大部分詩歌幾乎都是在還原她童年和孩子時代的記憶，以兒童的眼光和孩子的口吻以物言人，將事物的特徵賦予無限的童趣，在形象鮮明和優美明朗的意境背後，又飽含著回味不盡難以言表的餘韻。

她的詩歌特點我大致歸結為以下幾點：

1 平易、淳樸、自然的詩歌語言與想像力的有機結合。

2 意象、直覺和感受性的和諧統一。

3 生動活潑的口語，鮮明獨特的節奏感。

4 構思新奇，詩情飽滿，詞語閃電轉換帶來意外性。

5 純真、浪漫、細膩的視點建立在豐富的心靈之上。
6 對擬人法、疑問法、摹聲法、覆沓、比喻、假設的妙用。

美鈴雖然沒有生在富人家庭，但生活上的不寬裕反而賦予了她智慧豐饒純潔的心。生於斯長於斯的海邊鄉村是美鈴感受性形成的核心，也是她的靈感之源和詩歌的出發點。我在谷歌地圖上搜索了一下她的故鄉——仙崎的地理位置，跟矢崎節夫在評傳裡描述的基本一致。仙崎地處山口縣萩市和下關市之間，毗鄰日本海，東連仙崎灣，西接深川灣，南靠綿延起伏的山脈，北面被青海島環抱，是面積不大的小三角洲，據說在古代就是出名的捕魚捕鯨的小鎮。美鈴詩歌中頻繁登場的魚蝦、船帆、水手、海島、港口、波浪、海面、海灘、航標燈、礁石等等都是她自幼看著長大的風景，而野花野草、樹林果實、田間小路、神社神轎、大街小巷、花店商店、馬車汽車、太陽月亮、蟲鳴鳥叫、藍天白雲、清晨黃昏、風雪雨雷等等又都是她身處其中的自然和事物，一旦呈現在她的筆下，都會因她點石成金的魔法變成鮮活生動的詩篇。日本已故詩人島田陽子曾在短文裡稱：「大海和天空是美鈴最神聖的場所」。美鈴的心中確實容納著天空和大海，其實對天空和大海的情有獨鐘也是源於她的真實感受。她有很多詩篇都帶有很大的寫實性和速寫性，她似乎很擅長捕捉因觸景生情而產生的瞬間感覺，也很擅長去表現生命體驗和記憶中的某個剎那、某段往事、某次觸動、某次夢境、某次傷感，或哀婉或歡愉或孤獨或希望或氣餒等等，美鈴都會帶著乾淨無暇、純粹透明的童真超越公式化了的語言去表達，她是內心擁有巨大無邊的愛的宇宙的天才！美鈴幾乎是在孤獨中長大的，世界萬物在她的孤獨中物換星移、季節交替、晝夜更新，呈現在她的眼前，孤獨是美鈴詩歌的另一種聲音，或許恰恰是這種淡淡的孤獨感滋潤著她的感性，豐富著她的想像力和心靈。

五

毋庸置疑，真正的天才具有抗拒時間的力量。

當然，也具有解釋靈魂的力量。

只要天空存在，就會有飄動的雲朵；只要大海存在，就會有濤聲喧囂；只要有大地，就會有野草和樹木叢生。只要地球存在，生物就會生生不息，繁衍不止。人類作為自然界的一部分，在與自然萬物共生共存的同時，也在主導著人類文明。天才作為人類中稀有的存在，在為人類的物質和精神文明作出貢獻的同時，其實更多的在支配著人類的精神層面，詩人、作曲家、畫家或許是其中的佼佼者。

金子美鈴是一個奇蹟。沉默、埋沒、銷聲匿跡半個多世紀，被重新發掘後，仍然為百年後的讀者和時代帶來感動和震撼，這當然取決於美鈴天才般的創造力。真正的天才不會被時間壓垮，他們只會隨著時光的推移，散發出更耀眼的光芒。

即使從一八八二年日本萌發現代詩的《新體詩抄》算起，在日本近一百四十年的現代詩歌史中，金子美鈴的存在仍然是一個奇蹟，也是前無古人後無來者的存在。她的詩被重新發掘後，已經不斷地被日語之外的很多語種所接納，即使被翻譯成其他語言，她的詩同樣為不同語言、不同膚色、不同民族、不同信仰的讀者帶來慰藉和驚喜。

翻譯是一種文化，也是一座文化的橋梁。

現代日語作為膠著性的二重覆線型語言，它的很多語言特點為翻譯帶來難度。

大致特點為：

1 雜交的語言性格，由和（日）語、俗語、漢語和翻譯語構成。

2 表記文字的多樣性：漢字、平假名、片假名、羅馬字。

3 主語省略，詞形變化，尤其是動詞時態變化的豐富性。

4 靠助詞和助動詞的黏著支配單詞在句子中的角色和意義。

5 曖昧性、情緒化、開放性維系在主（補語）——賓語——謂語的語法秩序上。

翻譯作為一門年輕的學問，不少主張和觀點至今仍爭論不休，各執一詞。實際上翻譯很難形成共識性的定論，孰優孰劣取決於時間和讀者。但有一點大家似乎達成了默契，那就是翻譯的忠實性，這一點應該稱為翻譯最基本的倫理框架。隋朝名僧彥琮曾為翻譯提出過「十條八備」，唐代玄奘也提出過「既須求真，又須喻俗」，這是他們翻譯佛經的心得。近代的莎弗萊為譯者提出過三個條件、本雅明「機械的複製」、克羅齊的「翻譯即創作」、嚴覆的「信達雅」、魯迅的「寧信而不順」、林語堂為譯者提出的三個標準和三種責任，等等，基本上都是把忠實性放在首要考慮的。翻譯過程中，機械的教條的硬譯確實值得警惕，但盲目性的無政府主義式的亂譯也不可取。在遵循一定的翻譯倫理框架內，因語言性格和文化習慣的不同，適當做一些靈活調整一直是我所強調的。可是，即使是這麼一個觀點，在具體的翻譯實踐中仍時時給我帶來困惑。

跟漢語相比，日語中的口語和書面語有明確的界限，而日語中豐富多變的擬聲詞又是漢語很難承載的，美鈴的詩歌中恰恰就使用了很多形象鮮明生動的擬聲詞，雖然在翻譯時想盡最大努力原汁原味地在自己的母語中置換出原作的語感和文學氣氛，但有時仍力不從心。

感謝美鈴，是她清新、明朗、純粹的詩歌文本讓我在教學之餘把一切置之度外，起早貪黑地傾聽她在每首詩中的傾訴，感受她每首詩的脈動。翻譯的四個多月如彈指一揮間，成為我最難忘的幸福時光。那段時間裡我如同著了魔，被她詩歌無形的力量牽引著忘我投入地向前奔跑，讓我看到和聽見她詩歌中的國王和公主，海底龍宮的舞女和殿堂，天涯海角的回聲，星星的眼睛月亮的微笑，風的呢喃雨的歌唱，鑼鼓喧天的廟會場景……讓我如詩魂附體一樣地跟著她的詩歌一起感傷、一起孤獨、一起調皮、一起哭笑、一起捉迷藏。

美鈴全集譯完後，我的學生、博士生劉沐暘校閱了全部譯稿，並提出了很多寶貴意見，在此也要感謝她。六卷中的其中一卷裡的部分作品，曾作為教材在翻譯課堂上使用過，常常想起畢業回國的兩位碩士生裴文慧和陳穎同學，與她們在課堂上討論翻譯的場景歷歷在目。

如果能活到今天，就已經一百一十五歲了。金子美鈴並沒有遠離我們，她只是在跟我們捉迷藏，藏在了我們肉眼看不見的地方。或許她就是雲朵上的女神，我們雖然看不見她的身影，但仍然能夠強烈感受到她的存在！

二〇一八年二月十三日 寫於日本

小動物們

黑螞蟻獨自去探險

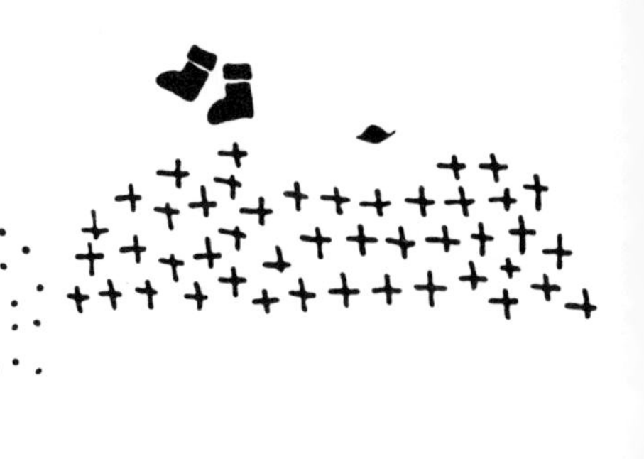

魚

海裡的魚真可憐

稻米被人種植
牛被飼養在牧場
鯉魚也在池塘被餵著麥麩

可是海裡的魚呢
從來沒人照管
也從不調皮搗蛋
卻這樣被我吃掉
魚真是太可憐了

麻雀媽媽

小孩兒
捉住了
小麻雀

小孩兒的
媽媽

笑了

麻雀的
媽媽
看到了

屋頂上
麻雀媽媽一聲不吭地
都看到了

蟋蟀

蟋蟀
掉了
一條腿
雖然訓了
追趕它的

貓

白得晃眼的
秋日陽光
卻若無其事

蟋蟀
掉了
一條腿

海鳥

天天湧向海岸
無休止湧來的波濤啊
此刻湧上來的波濤
是來自於哪國？

此刻退去的波濤
又要湧向哪個海岸？
浮動在波濤上的海鳥
你一定會知道吧
如果你告訴了我
我會請你參加下一次的廟會

小鎮的馬

山裡的馬
拴在酒鋪拐角
小鎮的馬
拴在魚店前面

山裡的馬

急匆匆往回走
卸下貨物
回到山中

小鎮的馬
讓人難過
拉一車魚
去往遙遠的小鎮
被訓斥、被鞭打
拉著滿車魚的馬呀

樹葉小艇

黑螞蟻是一個探險家
乘著樹葉小艇出發
綠色的小艇千里迢迢
向著大海的遠方

那裡有一座孤島
島上有砂糖山和蜂蜜河
而且沒有可怕的鳥
也沒有螞蟻的地獄
乘着綠色的小艇
黑螞蟻獨自去探險

沒媽媽的小鴨子

月亮
結冰
枯葉上
落下雪粒
雪珠

飄落
雲間的
月亮呀

月亮
結冰
池塘
封凍

沒媽媽的
小鴨子
怎麼能
睡得著呢

老鷹

老鷹慢慢地
在空中畫著圈
是在那個圈中
物色獵物嗎？

大海有上萬條沙丁魚呀

陸地上的老鼠才有一隻

老鷹慢慢地
在空中畫著圈
仰望
那個圈時

突然發現了
正午的月亮

沒有家的魚

小鳥在枝頭築巢
野兔棲息在山洞
牛有牛舍和草鋪
蝸牛馱著自己的殼

大家都有家呀
晚上睡在自己家裡

可是，魚有什麼呢
沒長挖洞的手
也沒堅硬的殼
人們又不會為它搭窩

沒有家的魚
無論夜晚海潮隆隆，還是冰冷徹骨
都在徹夜游動吧

我的蠶

住在小箱子裡的
是我養的蠶
人偶雖可愛
但不會說又不會動

蠶弄出好聽的動靜
吃著嫩綠的桑葉

待它結成了七個蠶繭
抽出七縷絲

就編織一條像小公主穿的
彩虹色的衣裙吧

一團和氣地吃著桑葉
這就是我的蠶

蟬的衣裳

媽媽
屋後的樹上
有一件
蟬的衣裳

蟬也怕熱

脫掉了衣裳
脫掉後
就忘在那兒了

夜晚
天變涼了
我應該把衣裳
送去哪裡呢

魚的春天

嫩海藻發芽了
海水變得更綠了
天之國也正是春天吧
想去看看又怕晃眼

飛魚小叔叔
一閃飛過天空
躲在海藻的嫩芽間
我們也開始捉迷藏吧

燕子媽媽

飛出去
兜了一小圈
馬上飛回來

飛出去
兜了一大圈

再飛回來

飛出去，飛出去
飛到巷子裡
又飛回來

飛去又飛回
飛去又飛回
燕子媽媽擔心什麼呢

留在窩裡的
小燕子
讓她放不下心

鳥巢

小鳥、小鳥
你用什麼築巢？

用稻草、用稻草築巢

小鳥、小鳥

稻草可跟你不相配

那麼，用什麼築巢？

用羽毛色的綠絲
用瞳孔色的黑絲
用口唇色的紅絲
用三種、三種顏色的絹絲
編呀、編呀，築巢吧

金魚之墓

漆黑孤獨的土裡
金魚在凝視
凝視夏天池塘裡的水藻
和光搖曳的幻影

靜靜、靜靜的土裡

金魚在傾聽
傾聽輕輕踏過落葉的
夜雨的腳步聲

冷冷、冷冷的土裡
金魚在懷念
懷念金魚販子的水桶裡
很久、很久以前的好夥伴

麻雀之墓

修一座麻雀墳吧
墓碑上寫著「麻雀之墓」
風一吹就被笑話
只好悄悄放進袖子裡

雨後，出去一看
麻雀不知埋在了哪兒
只有白色的繁縷花

「麻雀之墓」建也建不了
「麻雀之墓」丟也丟不掉

啞蟬

喋喋不休的蟬在歌唱
從早唱到晚
無論誰看著它都唱
總是唱著同樣的歌

啞蟬寫歌

默默地把歌寫在樹葉上
趁沒人看時寫
寫誰也不唱的歌
（啞蟬難道不曉得
秋天來了，樹葉落在地上就會腐爛嗎？）

青蛙

誰都討厭俺
誰都討厭俺
無論什麼時候大家都討厭俺
不下雨時，草兒們說：
「為什麼不叫，偷懶的青蛙」

俺能知道天不下雨嗎？

下雨了，孩子們說：
「都賴青蛙叫，才下起了雨」
一齊撿起小石塊砸俺

真傷心，真委屈
這次俺不停地叫著「下雨、下雨、下雨」

可天卻突然放晴
彩虹像在戲弄俺一樣架起

自然景色

天空為什麼是藍的？

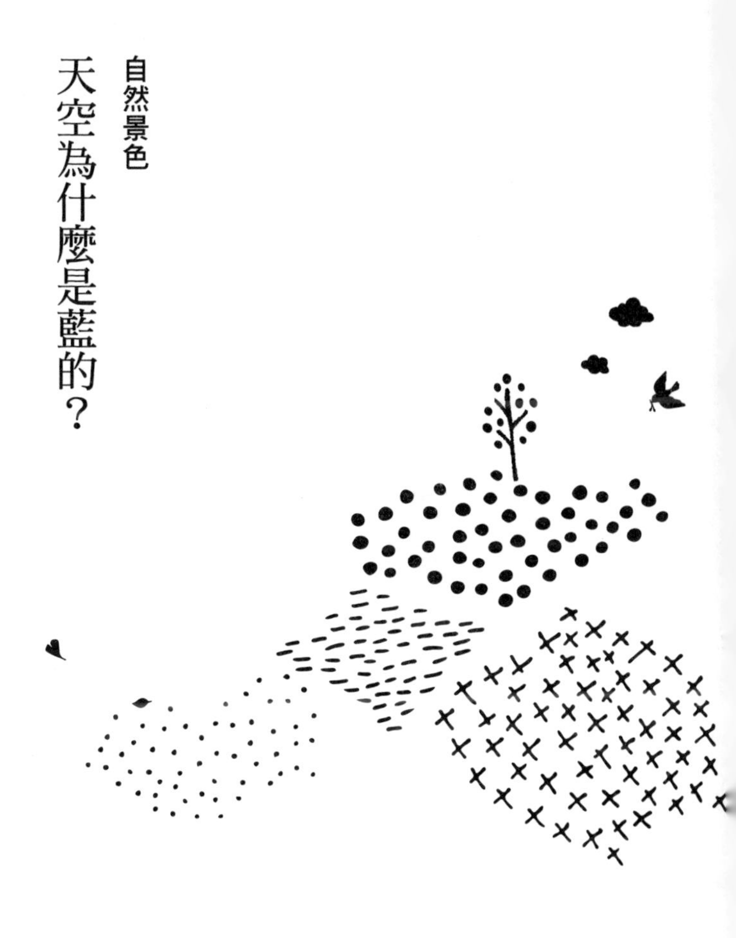

雲

我想變成

雲

輕飄飄、軟綿綿

從藍天的這頭

飄到那頭

看完風景
晚上跟月亮
捉迷藏

玩膩了
就變成雨
跟雷哥哥
結伴
跳進
自家的池塘

草原

如果光著腳
走在有露水的草原
腳會染綠吧
也會沾上草香

一直走啊

直到變成一棵草
我的臉蛋兒
會變成美麗的花綻放

茅草花

茅草花、茅草花
潔白、潔白的茅草花

傍晚的河堤上
想拔掉一朵茅草花
它搖搖頭

別拔、別拔

茅草花、茅草花
潔白、潔白的茅草花

在晚風中
飛吧、飛吧
化作傍晚天空中的
白雲吧

午夜的風

午夜的風可真調皮
獨自刮過總覺著無聊
吹動合歡樹的葉子吧
被吹拂的樹葉
夢見自己坐在船上

吹動草葉吧
被吹拂的草葉
夢見自己在盪鞦韆
晚風覺得有些無聊
獨自刮過天空

天空的顏色

大海、大海，為什麼碧藍？
因為天空映在海水中
陰天的時候
大海也灰濛濛的

晚霞、晚霞，為什麼通紅？
因為夕陽是紅的

可是，白天的太陽
不是藍的，為什麼天是藍的？
天空、天空，為什麼是藍的？

樹

花兒凋謝
果子長熟

果子掉下
葉子飄落

之後又發芽
開花

要輪迴
多少年
樹
才能履行完使命呢

白天的月亮

肥皂泡一樣的
月亮
風一吹
就會消失

此時

在某一個國家
旅行者
正穿越沙漠
說著：
「太黑了、太黑了」

白天的
白月亮
為什麼
不去照亮沙漠

彈玻璃球

滿天繁星
多麼漂亮的玻璃球呀
輕輕撒下一片玻璃球
從哪個開始彈呢

彈一下
那顆星
打中了
然後
取走
打中的那顆星

取之不盡的
是天空的玻璃球——星星

月出

悄悄地
悄悄地
瞧，月亮出來了
山的
邊緣

漸漸明亮

在天空的
深處
和海底

月光
好像
正在融化呢

桑葚

吃著
綠桑葉

蠶蛹
變白了

我吃著
紅桑葚

被太陽
曬黑

燒荒和蕨菜

山裡的蕨菜苗
迷迷糊糊作了一個夢
夢見紅翅膀的大鵬
飛翔在天空

山裡的蕨菜苗
從夢裡醒來後伸了個懶腰
伸出可愛的小拳頭
在春天的黎明裡伸懶腰

細雪

下得很密的
細雪
白皚皚
厚厚地

壓在松枝上
染上綠色吧

海邊的石塊

石塊像美玉
每一個都圓溜溜的
石塊難道是飛魚？
投在海面上破浪飛

海邊的石塊是歌手
跟波浪一起整天唱

海邊的石塊一個又一個
雖說都是可愛的石頭

其實，海邊的石塊也很了不起
大家齊心擁抱著海

陽光

太陽的使者
一齊從天空動身了
聽到路上遇見的南風問：
「大家要去幹什麼？」
一個使者說：
「我要把光的粉末撒向大地

為了大家能工作」

一個滿懷喜悅地說：
「我要讓花朵綻放
為了讓世界更快樂」

一個使者和氣地說：
「我要建一座拱橋
為了讓純潔的靈魂通過」

剩下最後一個有點落寞：
「我為了造影子
還是得跟著大家一起去」

藍天

沒有一片雲的
藍天
像風平浪靜的
大海

好想跳進藍天的

正中央
飛快地
暢游一番呀

身後游出的一道
白水花
會直接
變成白雲吧

天空的大河

天空的河灘上
都是小石子
滿地都是
小石子

藍色的河流

緩緩流淌
窄小白帆般的
月牙啊

隨夢流淌的
河流中
星星浮現
像一葉扁舟

夜空

人和草木睡著時
夜空真的很忙

星光一次又一次
背負著美麗的夢
為了送到人們的枕邊

一閃一閃在夜空飛來飛去
露水公主趁天還沒亮
便急急忙忙駕著銀馬車
為城市陽台上的花
和大山深處的樹葉
毫不保留地送露水

花朵和孩子們睡著時
夜空真的很忙

牽牛花的蔓

籬笆矮矮的
牽牛花
正在找
能攀附的地方
西找

東找
找煩了
就開始思考

儘管如此
還貪戀著太陽
今天又
長高了一寸

長高吧，牽牛花
直直地
就要靠近
射進倉庫的那縷陽光

薔薇的根

第一年開的
是又紅又大的薔薇花
它的根在泥土裡想
「太高興啦
太高興啦」

第二年開了三朵
又紅又大的薔薇花
它的根在泥土裡想
「又開啦
又開啦」

第三年開了七朵
又紅又大的薔薇花
它的根在泥土裡想
「第一年的那朵花
為什麼不開了呢」

土

吭哧、吭哧
被耕過的土
變成良田
長出好麥子

從早到晚

被踩過的土
變成平坦的路
讓車子通過

沒被耕過的土
沒被踩過的土
是沒用的土嗎？

不不，它要做
無名小草們的
家

地裡的雨

蘿蔔地裡的春雨
來到綠綠的蘿蔔葉上
小聲笑

蘿蔔地白天的雨

來到紅沙土上
不聲不響地鑽進去

土與草

沒娘的
孩子
成千上萬的
草的孩子
土一手
培育它們長大

儘管
綠草叢生了
把土遮蓋得
不見蹤影

太陽．雨

沾滿塵土的
結縷草
雨把它們
洗淨了

洗得濕漉漉的

結縷草
太陽把它們
曬乾了

為了我能
舒舒服服地
躺著
仰望天空

雲

好像是要去
找誰
雲
飄入山中
山裡

空無一人
雲
又從山中飄出來

好像很無趣
雲獨自
在傍晚的天空
飄來飄去

花的靈魂

落花的靈魂
都誕生於
佛祖的花園

因為花很善良
太陽呼喚時

它一下子就綻開，露出笑容
為蝴蝶送上甜甜的蜜
給人們送去芳香的氣息

風說「來吧」，叫它時
它會聽話地隨風而去

連它屍骨的花瓣
都會變成我們過家家的午餐

早晨與夜晚

早晨來自哪裡？
從東方的山上探一下頭
轉眼間就駛過天空
悄悄地降落在小鎮

樹蔭、床下這樣的地方
太陽不出來都看不見

夜晚來自哪裡？

從床下、從樹蔭
氣呼呼地醒來
猛地站到屋檐上

夕陽西下
也夠不到雲的邊緣

兩棵草

兩個小草籽是好朋友
總是一言為定
「一起投身去廣闊的世界時
我們倆一定要形影不離呀」

可是，一個露出了芽

另一個還不見蹤影
等後一個也露出了芽
前一個已經長過了頭

蛇莓長得高高的
在秋風中輕搖
左右回頭
尋找著以前的朋友
沒留意到自己的腳下
老鸛草開了小花

積雪

上面的雪
很冷吧
冷冷的月亮照著它

下面的雪
很重吧

好幾百人踩著它
中間的雪
很孤單吧
看不見天也看不見地

天空與大海

春日的天空亮光光
絲綢一樣亮光光
為什麼、為什麼亮光光
那是因為星星
露出了臉呀

春日的大海亮光光
貝殼一樣亮光光
為什麼、為什麼亮光光

那是因為珍珠
藏在裡面呀

貝殼和月亮

浸在染坊的
染缸裡
白絲變成深藍
浸在藍色的
大海裡

白貝殼為什麼還是白的？

浸在晚霞的
天空中
白雲變成紅色

浮在深藍的
夜空中
白月亮為什麼還是白的？

致雪

落在海裡的雪變成海
落在街上的雪變成泥
落到山上的雪還是雪

還有尚未落下的雪
你喜歡哪一種？

牽牛花

藍色牽牛花向著那邊開
白色牽牛花向著這邊開

一隻蜜蜂
繞著兩朵花

一個太陽
照著兩朵花

藍色牽牛花向著那邊謝
白色牽牛花向著這邊枯

到此結束啦
那好吧，再見

那些日常

黑瞳孔是魔法甕呀

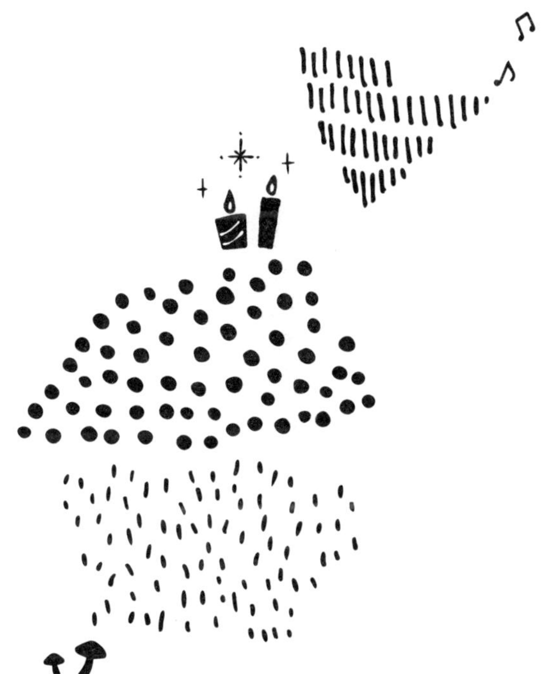

放河燈

昨晚放走的
河燈
漂到
哪兒去了呢

向西、向西
無止境地
直到
天空和大海的盡頭

啊，今天
西邊的天空
如此鮮紅

白天的燈泡

小孩不在的
小孩房間
獨處的燈泡
很孤單吧

燈泡自己

冷冰冰的
明亮的視窗
照進陽光

一隻蒼蠅靜靜地
趴在上面
白天的燈泡
很孤單吧

祭日

每次看別人家辦喪事
裝飾著很多白花和彩旗
以前我總想
如果我們家也辦喪事該多好

可是，今天很無聊

人雖然很多
但誰都不理我
從城裡來的姨媽
眼中噙滿了淚花不說話
雖然沒有人批評我
但總覺得很害怕
我在店裡縮成一團
送殯的隊伍離開了家
像湧出的雲彩，漸行漸遠
之後，我變得更加寂寞
今天真的很寂寞呀

漁業豐收

朝霞映滿天
船載魚兒歸
沙丁魚
捕滿艙
海濱

像過節一樣
可是，大海中
卻在為數以萬計的
沙丁魚
舉行葬禮吧

捉迷藏

藏起來時
很快被人找到

輪到捉人
總是被搶佔地盤

總是總是
被搶佔地盤

總是
捉人的
捉迷藏

傍晚
想家了

紙牌

被爐上
堆著橘子
奶奶戴著的老花鏡
閃閃發光

榻榻米上

紙牌散落一地
小小的腦袋
一、二、三個呢

玻璃窗外
黑夜寧靜
偶爾，小粒的雹子
劈啪、劈啪地輕敲

吵架之後

就剩我一個
就剩我一個
草蓆上的我好孤單呀
不是我的
是那個孩子先動口

不過、不過，還是好孤單呀

布娃娃
也孤零零的
抱着布娃娃也孤單呀

杏花
一瓣瓣地凋落
草蓆上的我好孤單呀

瞳孔

大家的瞳孔
是魔法甕
枸橘樹圍墻
街道
馬車和馬

車夫
蕎麥田
梧桐樹
遠方的
那座青山
還有天上的
雲朵
全部變小
映在裡面

黑瞳孔
是魔法甕呀

黃昏

哥哥
吹起了
口哨

我
咬著

袖子

哥哥
立刻
不吹了

屋外
夜幕
悄悄降臨

大人的玩具

大人扛著大鋤頭
去田間鋤地
大人划著大船
去海裡捕魚

大人的將軍
擁有真正的部隊

而我的小部隊
不會說話也不會動

我的小船很快打翻
我的鐵鍬已經折斷

想一想很無奈
我想擁有大人的玩具啊

鄰居家的孩子

剝著蠶豆
聽見
鄰居家的孩子
挨罵
想去看一下

又覺不合適
攥著蠶豆
出去
又攥著蠶豆
返回

做了什麼
淘氣的事呢
鄰居家的孩子
挨罵了

馬戲團的小屋

聽著樂隊的響聲
一不留神就來到了小屋前

燈光時隱時現，傍晚
媽媽在家等著我吃飯

往帳篷的縫隙裡瞅了瞅
馬戲團的小演員跟我弟弟很像
不知為什麼總想多瞅他一眼

城裡的孩子高高興興地
被媽媽領進了小屋

攀著圍欄，等著開演
雖然有點想媽媽，可還是不想回家

蚊帳

蚊帳裡的我們
是落網之魚

不知不覺睡著時
沒事兒幹的星星來收網

半夜裡醒來
自己好像睡在雲的沙灘上
藍色的網隨波蕩漾
大家都是可憐的魚

點心

故意把弟弟的兩塊點心
藏起來一塊
想著是不是吃掉呢
就把弟弟的一塊點心
吃了

如果媽媽問起這兩塊點心
該怎麼辦呀

剩下的一塊點心
拿起來放下，放下再拿起來
弟弟還是不回來
我把剩下的一塊
也吃了

苦澀的點心
難過的點心

秋天

路燈
各發各的光
各自
撒下燈影
讓小城變成
整齊的條紋圖案

條紋的光亮處
穿浴衣的人
三五成群
條紋的暗影裡
秋天悄悄地
藏在那裡

鐘錶的臉

行商人的蝙蝠
領著短短的影子
走在正午白得刺眼的路上
忽然回頭，不知是誰
緊盯著我的

是一張蒼白的臉

閉上眼再睜開看
才發現
那是鐘錶的臉

一個人留在家好孤單
雖然盯著看了一會兒
可是只能看見鐘錶的臉了

茶櫃

茶櫃上
放著鐵皮罐
像寓言裡的
銀壺

鐘錶敲響了

三下
從裡面拿出來的
是餅乾

茶櫃裡
有一個點心缽
昨天裡面放的
是蛋糕

如果點心
不會自己冒出來
現在的點心缽裡
一定是空的

椅子上

我在巖石上
四周是海
潮水漲上來
喂——，喂——
不論我怎麼喊

海上的帆影
還是越飄越遠

傍晚
天空高遠
潮水漲上來……
（好啦好啦，該吃飯了）
哦，是媽媽在喊
我從椅子的巖石上
一鼓勁兒
跳進
房間的大海

再見

媽媽、媽媽等一下呀
我正忙著呢

馬廄裡的馬，雞窩裡的
母雞和小雞
我要去跟它們說再見啦

如果還能遇見昨天那位砍柴人
我還想去山裡看看

媽媽、媽媽等一下呀
我還有事情忘了做呢

回到城裡就見不到
路邊的鴨跖草和蓼花了
看看這種花、再看看那種花
我要好好記住它們的模樣

媽媽、媽媽等一下呀

魚市場

海峽裡
晚潮
卷成漩渦

遠方
暮色
壓頂

暗雲從大海飄來
偷看
打烊的
市場

孩子、孩子
你們也在某處
偷看著
什麼吧？

秋刀魚顏色的
黃昏
烏鴉一聲不響地
飛過天空

月亮和姐姐

我走月亮也跟著走
月亮可真好

如果每晚
都不忘來到夜空
那月亮就更好啦

我笑姐姐也跟著笑
姐姐可真好

如果不用忙活其他事
能一直陪我玩兒
那姐姐就更好了

指甲

拇指的指甲
長一張扁平的臉
看起來結實健康
像我們的老師

食指的指甲

扭歪了臉
看起來像要哭
像馬戲團裡的小丑

中指的指甲
長一張圓圓的臉
總是笑著
像以前認識的姐姐

無名指的指甲
長一張方臉
總在思考
像那位旅行的叔叔

小拇指的指甲
長一張漂亮的鵝蛋臉
似曾相識
卻又不知道是誰

哥哥挨罵

因為哥哥挨罵了
從剛才我就在這兒
把無袖褂的紅帶子
綰了解開，解了再綰

以此同時，房後的空地上
從剛才起就有小朋友在玩兒跳房子
偶爾還能聽到老鷹的叫聲

我的頭髮

我的頭髮亮亮的
因為媽媽常撫摸
我的鼻子低低的
因為我總是擤它

我的圍裙白淨淨
因為媽媽經常洗
我的膚色黑黝黝
因為我常吃炒豆

梨核兒

梨核兒是要扔掉的，所以
連核兒都吃的是小氣鬼
梨核兒是要扔掉的，但是
隨地扔核兒的是壞孩子

梨核兒是要扔掉的，所以
丟進垃圾箱的是乖孩子

隨地扔掉的梨核兒
螞蟻高高興興地拖回家
「壞孩子，謝謝啦」

丟進垃圾箱的梨核兒
被收垃圾的老頭
一聲不吭地咕隆咕隆拉走

受傷的手指

纏上
白色繃帶
看著就討厭
我忍不住哭了

借來姐姐的絲帶

繫成一個紅色小鹿結
手指立刻變成了
可愛的小娃娃

要是在指甲上
畫一張臉
不知不覺間
就忘了疼痛

暗夜

黑暗遼闊的原野上
有人在唱歌

高崗上成排亮燈的窗
有一盞熄滅了

遙遠廣袤的城市上空
星星變得模糊不清

我一個人在晾衣台上
吃著橘子眺望

小石子在身後連成一條線

內心世界呀

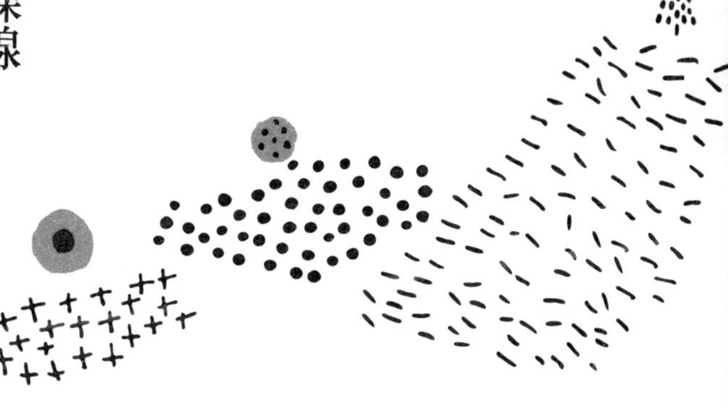

賣夢人

新年伊始
賣夢人
去賣
新年的第一場好夢

把好夢

堆積如山地
裝在
寶船上

然後，善良的
賣夢人
走到陋巷
那些買不起夢
孤零零的
孩子們中間
把夢悄悄地
留下

浮島

我想要一座島
一座隨波浪漂搖的
小小的浮島
島上四季開花

小小的家，花鋪滿房頂
影子映在碧藍的海水中
隨波蕩漾

看夠了景色
就撲通跳進大海中
潛入我的小島下
還能玩捉迷藏

我想要一座這樣的島

孩子的鐘錶

有沒有這樣的鐘錶呢

城堡一樣的大鐘錶

它的數字三里之外都能看清

大家聚集在鐘錶裡的房間

時而一起轉動時針

時而騎在鐘擺上
眺望遠方的遠方

然後，大家一起唱歌時
早晨如果太陽醒來
傍晚，如果繁星當空
我該有多麼高興呀

護城河畔

在護城河畔遇見了
而她卻假裝看河面

昨天我們吵了架
今天還有點小懷念

我試著對她露笑臉
而她卻假裝看河面
笑臉無法停下來
突然，淚水也止不住
我一溜煙地跑開了
小石子在身後連成一條線

小紅船

一棵松樹
站著
望海
我也一個人
望海

大海碧藍
白雲悠悠
小紅船
還未出現

小紅船上的
爸爸
是以前
夢裡的爸爸

一棵松樹
一棵松樹
小紅船何時才到呢

花瓣的海洋

草房簷下的花謝了
山丘上的花也謝了
全日本的花都謝了

把全日本凋謝的花
收集一起撒向大海吧

然後，在安靜的黃昏
劃著小紅船
在鮮艷而又美麗的
花的波浪裡搖曳
直劃到遙遠的海中央

女孩子

女孩子
是不爬樹的
踩高蹺的
是瘋丫頭
打陀螺的

是傻姑娘

我為什麼
這麼清楚
因為我都玩過一次
而且每次都被訓斥

數星星

伸著手指
數星星
數啊數
用十根手指
昨天數
今天也數

伸著手指
數星星
數啊數
一起來數吧

永遠永遠
數不完

寂寞的時候

我寂寞的時候
別人不知道
我寂寞的時候
朋友們在笑

我寂寞的時候
媽媽的脾氣最好
我寂寞的時候
佛祖也寂寞

如果我是花朵

如果我是花朵
我一定會變成乖孩子吧
不能說，不能走
我該怎麼淘氣呢

但如果誰走過來說我
是討厭的花朵
我會立刻氣得凋謝吧

即使我變成了花朵
我也不會變成乖孩子吧
變得像花朵那樣

笑

那是美麗的玫瑰色
比罌粟籽還小
灑落到地上時
像突然點燃的焰火
綻放出一大朵花

如果能像淚珠滾落一樣
流露出這樣的笑臉
該有多麼、多麼美麗呀

蓮花與母雞

從淤泥裡
開出蓮花

這樣做的
不是蓮花

從雞蛋裡
孵出小雞
這樣做的
不是母雞
我注意到了
這些
但也不能
怪我

光的籠子

我現在呀，是一隻小鳥
在夏日樹蔭下那光的籠子裡
被看不見的人餵養
我是可愛的小鳥
只知道歌唱

光的籠子破了
我一下子伸展開翅膀

可是，我很乖
被餵養在籠子裡唱著歌
我是好心腸的小鳥

櫻花樹

如果媽媽不罵我
我想爬到
開著櫻花的樹枝上
爬上第一根樹枝
就能看到晚霞中的小城

宛如童話中的仙境吧

坐到第三根樹枝上
被花朵團團包圍
我就好像花公主
因為我撒下神祕的灰
花才開得更爛漫

如果沒有人發現
我想爬到樱花樹上

藏好了嗎？

——藏好了嗎？
——還沒呢
枇杷樹下
牡丹叢中
孩子們在捉迷藏

——藏好了嗎？
——還沒呢
在枇杷樹枝
和綠色的果實間
孩子們跟小鳥和枇杷捉迷藏

——藏好了嗎？
——還沒呢
在藍天之外
和黑土地當中
孩子們跟夏天和春天捉迷藏

心願

夜深了
好睏啊

哎呀、哎呀，還是睡吧
等三更半夜，肯定會有個
聰明的小矮人

戴著小紅帽
突然來到這個房間
悄悄幫我做算術作業

全都想喜歡

我想喜歡上
所有的一切

蔥、番茄還有魚
我想一個不剩地喜歡

因為家裡的飯菜
都是媽媽親手做的

我想喜歡上
所有的人

連醫生和烏鴉
我也想一個不剩地喜歡

因為世界上的一切
都是神親手創造的

睡眠火車

睡著的孩子坐上火車
火車駛出睡眠站

火車經過的是夢之國
沿著珠鏈穿的
紅色軌道不停地跑

月兒明，雲朵紅
玻璃塔的尖頂上
閃現白亮的星

一切景色從車窗閃過
火車到達睡醒站

夢之國裡的禮物
誰也帶不回
通往夢之國的路
只有睡眠火車才知曉

我與小鳥與鈴鐺

雖然我張開雙臂
也不能在天空飛翔
但能飛的小鳥也無法像我一樣
會在大地上快跑

雖然我搖晃身子

也不能發出清脆的聲響
但能響的鈴鐺也無法像我一樣
會唱很多歌

鈴鐺、小鳥與我
大家各不相同，大家都很棒

是回音嗎

我：一起玩呀！
它：一起玩呀！
我：笨蛋
它：笨蛋

我：再不跟你玩了
它：不跟你玩了

於是，我
變得很寂寞

我：對不起
它：對不起

這是回音嗎？
不，它誰都不是

沒玩具的孩子

沒玩具的孩子
多寂寞啊
送他玩具就不寂寞了吧
沒媽媽的孩子
多傷心啊

送他一個媽媽他就高興了吧

媽媽溫柔地
撫摸我的頭髮
我的玩具多得
箱子都裝不下

可我的寂寞
要送我什麼
才能治好呢？

不同碰撞

月亮奶奶，您也要去嗎？

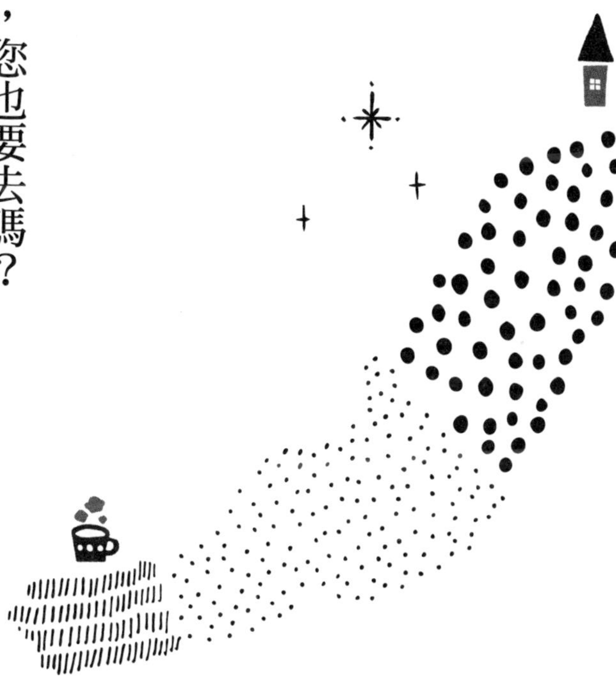

柳樹與燕子

「你還好嗎？」
河邊的柳樹
跟年輕的燕子
打招呼

我們曾啼鳴成雙

柳枝呀
有一隻
已死在了旅途

年輕的燕子
一語不發
忽然向水面
飛去

蠶繭與墳墓

蠶
鑽進繭裡
那又小又窄
的繭裡

可是，蠶

還是很高興吧
因為能變成蝴蝶
飛翔啊

人也會
鑽進墳墓
那黑暗又孤寂
的墳墓

之後，好孩子
會長出翅膀
變成天使
飛翔

向著光明

向著光明
向著光明

哪怕一片葉子
也要朝向傾斜的日光

灌木叢下的小草

向著光明
向著光明

哪怕燒焦翅膀
也要撲向燈火的閃亮
夜裡的飛蟲

向著光明
向著光明

哪怕只有尺寸之地的寬敞
也要向著照射的陽光
住在都市裡的孩子們

蜜蜂與神

蜜蜂在花朵裡
花朵在庭園裡
庭園在圍墻裡
圍墻在小城裡
小城在日本國
日本國在世界裡

世界在神靈裡

然後，然後

神靈在小小的蜜蜂裡

使者

月亮奶奶
我要出門送東西
把別人家小女孩的好衣服
緊緊抱在懷裡

月亮奶奶
您也要去嗎？

去我要前往的地方

月亮奶奶
只要不遇見淘氣鬼
我就很高興
我要把媽媽做的活計
送到別人家裡

而且、而且
月亮奶奶
我真的很高興呀
等您變圓了
我也能穿上過年的新衣裳了

海的盡頭

湧出的雲在那裡
彩虹的根也在那裡
想找機會乘船去
去大海的盡頭

就算實在太遠了，天黑了
什麼都看不見了

我還是想去大海的盡頭
那兒能像摘紅棗一樣
摘下美麗的星

玫瑰城

綠色小徑上露珠盈盈
小徑的盡頭是玫瑰之家
玫瑰之家隨風搖動
邊搖邊散發花香

窗口，玫瑰小精靈
露出金色的翅膀
與鄰居聊天

輕敲一下門
窗口和小精靈都不見了
只有花在隨風搖動

在玫瑰色的黎明
我來到了玫瑰城

那天
我是一隻螞蟻

麻雀和罌粟

小麻雀
都死了
罌粟還鮮紅地開

她不知道
也別讓她知道

悄悄從她旁邊走過吧

如果花兒
聽說了
她會馬上枯萎的

金魚

月亮呼吸的時候
呼出的是
柔和又令人懷念的月光

花朵呼吸的時候
呼出的是

純潔又馥郁的芳香
金魚呼吸的時候
呼出的是
像寶石一樣的水泡

星星和蒲公英

在藍天的盡頭
白天的星星肉眼看不見
像是海裡的小石子
傍晚來臨前都沉在海底
　看不見它卻存在著
看不見的東西也是存在的

枯萎凋謝的蒲公英
在瓦縫裡不作聲
一直躲到春天來
肉眼看不見它頑強的根
　看不見它卻存在著
看不見的東西也是存在的

樹

小鳥
站在樹梢
小孩
坐在樹下的秋千
細小的嫩葉
包在芽的裡面

那棵樹
那棵樹
很開心吧

露珠

對誰都別說
好嗎？

在清晨
庭園的一隅
花兒

掉了眼淚

萬一消息
傳開了
傳到
蜜蜂的耳朵裡

它會像
做了錯事一樣
飛回去
把蜜還給花兒的

水與風與孩子

在天地間
咕嚕咕嚕轉的
是誰呀
是水

繞著世界

咕嚕咕嚕轉的
是誰呀
是風

圍著柿樹
咕嚕咕嚕轉的
是誰呀
是想吃柿子的孩子呀

山茶花

不見啦不見啦
看！
在哄著誰

風吹拂著
房後的山茶花

不見啦不見啦
看！
一直在哄它
哄著
快哭出來的天空

紫雲英葉子之歌

花被摘下
要去哪兒呢

這兒有藍天
雖然有雲雀歌唱

可我還會想起
那位快樂的旅人
和風吹去的方向

拔弄的花根
在可愛的手中
是否有一隻手
也會把我摘下？

石榴

樹下的孩子說：
「石榴呀
等你長熟了
送我一個啊」

樹上的烏鴉說：

「少廢話
石榴長熟了
首先屬於我」

鮮紅的石榴
不作聲
只是向下、向下
沉甸甸地垂著

草原之夜

白天，牛在那裡
吃著青草

夜深了
月光在那裡遊走

月光輕撫時
小草噌噌長高
為了明天也能讓牛吃飽

白天，孩子們去那裡
採摘花朵

夜深了
天使一個人在那裡遊走

天使的腳踩過的地方
花兒們重新綻放
為了明天也能讓孩子們看到

小石塊與種子

小石塊
埋在大街的土裡

菜種
埋在田地的土裡

雨下在
大街
和田地裡
太陽照在
大街
和田地上

田地裡冒出新芽
莊稼人很高興

小石塊鑽出大街，剛一瞧
要飯的小孩兒就絆倒了

花與鳥

花與鳥
在繪本中
玩耍

花與鳥
在祭奠的人群前

並立

花店裡的花

和誰

一起玩？

和誰

一起玩

鳥店裡的鳥

麻雀

有時我想呀

我要給麻雀餵好吃的
把它們餵熟了再取上名兒
讓它們停在我的肩膀和手掌
一起到外面玩兒

可是我很快就忘了
因為要玩兒的太多
哪兒還能記得麻雀呢？

而且我想起的時候已經是晚上了
晚上哪兒有麻雀呀

我總想要是麻雀知道
我平常想的那些事情的話
肯定又是白等一場吧

我真是個壞孩子呀

創造

小鳥
用稻草
築了那個巢
那稻草
那稻草
是誰創造？

石匠
用石頭
造了墓碑
那石頭
是誰創造？

我
用沙子
做了個盆景
那沙子
那沙子
是誰創造？

鐵道口

鐵道口的執勤室在寬廣的天空下

執勤室前面的老爺爺
正在讀今天的報紙

長長的、長長的影子

褲腳有馬蘭花綻放
胸口則有蟲子叫

鐵道口的柵欄豎在晴朗的天空中

蟋蟀躲在草葉間
正沖著白晝的月亮叫

玻璃與文字

玻璃
看上去透明得
空無一物

可是
很多玻璃摞起來

就會像大海一樣藍

文字
如同螞蟻
又黑又小

可是
很多文字聚集一起
就能寫成黃金城堡的故事

石榴葉和螞蟻

石榴葉上有一隻螞蟻
綠色的石榴葉很大
在背陰處的上方
石榴葉為了螞蟻紋絲不動

可是，為追尋美麗的花朵

螞蟻踏上了旅途
通往石榴花的路程很遠
葉子默默地看著

等它來到花朵旁邊
石榴花已經凋謝
落在庭院潮濕的黑土上
葉子默默地看著

一個孩子撿起石榴花
她不知花裡有一隻螞蟻
拿著花跑走了
葉子默默地看著

狗與繡眼鳥

大狗的叫聲
雖很討厭

繡眼鳥的叫聲
卻特別惹人喜歡

我的哭聲
像哪一個呢

運貨馬車

馬
想踩一下自己影子裡
那奇怪的耳朵
低著頭匆匆趕路

車夫

坐在空蕩蕩的馬車上
叼著一支大煙袋
悠然地望著天

天空中
雲朵閃爍
昨夜的火災如一場謊言
小鎮的春天就要來臨

向日葵

太陽公公的車輪
是美麗的黃金車輪
行走在藍天時
發出黃金的聲響

行走在白雲上
看見了小小的黑星星
天不知，地也不知
為了不軋著黑星星
車輪拐了個急彎

太陽公公被甩出車
滿臉通紅，惱羞成怒
美麗的黃金車輪
被遠遠地丟到了人間
很久很久以前就被丟下了人間

現在，黃金的車輪
仍追隨著太陽環繞

INK PUBLISHING 文學叢書 618

金子美鈴詩選

作　　者　金子美鈴
譯　　者　田　原
總 編 輯　初安民
責任編輯　游函蓉
美術編輯　陳淑美
校　　對　游函蓉

發 行 人　張書銘
出　　版　INK 印刻文學生活雜誌出版股份有限公司
新北市中和區建一路249號8樓
電話：02-22281626
傳真：02-22281598
e-mail:ink.book@msa.hinet.net
網　　址　舒讀網 www.inksudu.com.tw

法律顧問　巨鼎博達法律事務所
施竣中律師
總 代 理　成陽出版股份有限公司
電話：03-3589000（代表號）
傳真：03-3556521
郵政劃撥　19785090 印刻文學生活雜誌出版股份有限公司
印　　刷　海王印刷事業股份有限公司

港澳總經銷　泛華發行代理有限公司
地　　址　香港新界將軍澳工業邨駿昌街7號2樓
電　　話　852-2798-2220
傳　　真　852-2796-5471
網　　址　www.gccd.com.hk

出版日期　2020年 1月　初版
2022年 10月20日　初版二刷
ISBN　978-986-387-327-3

定價　320元

國家圖書館出版品預行編目(CIP)資料

金子美鈴詩選／金子美鈴著. --初版.
新北市：INK印刻文學, 2020.01
面； 13 × 18公分. --（文學叢書；618）
ISBN 978-986-387-327-3（平裝）
861.59　108020573

舒讀網